とんだ官費旅行

〜若き海軍志願兵の南方戦線〜

河本松秀
KAWAMOTO Matsuhide

文芸社

目次

一　旅立ち

「官費旅行だけぇ、行かな損だぞぉ。タダで旅行できるんだぞぉ」

　貞吉《さだきち》は伊三《いぞう》を呼び出して、こう言った。

「俺はなぁ、満州に行っとたけど、ええどぉ。飯は旨いし、上官が夜も遊びに連れてってくれた。南方は、もっとええらしいどぉ。あったかいし、こっちでは食えんバナナやパイナップルもあるらしいわ。ええとこらしいでぇ。行ってこい、行ってこい。官費旅行だけぇ」

「ほうですか?」

「だっ。こっちに居《お》ってても誰もおらんだし、若い者《もん》はお前一人になっちゃったんだけぇ、お前も志願して兵隊に行ったらええわ。……だけどなぁ、伊三。志願するなら海軍の主計兵《しゅけいへい》だぞぉ。食事係だったら楽だし、飯も腹いっぱい食えるけぇなっ。俺らぁ陸軍だったっけぇ、きつかったわいや」

貞吉は、内地にいるよりずっとええ、と説得するように言った。

貞吉は伊三より十歳年上の近所の若者で、満州に陸軍兵として徴兵され、五年の兵役を終え、帰ってきて実家の農業をしていた。伊三を弟のように可愛がり、いつも気にかけてくれていた。

「……はい」

岡田伊三は、この春、高等小学校を卒業すると、家計を助けるため大阪に就職した。家には弟や妹が四人もおり、仕事を求めて大阪に行った。しかし水が合わなかったのか、体を壊し、仕方なく帰郷し、父の仕事を手伝いながら養生していた。

帰郷しても、同級生や幼なじみは、みんな就職で都会に出ていったり、志願兵として村を出て行き、村にいるのは、貞吉のように出征して帰ってきた者や幼い子どもたちだった。伊三のような十六歳から二十歳過ぎの若者は残っていなかった。

昭和十六年に太平洋戦争が始まると、年を追うごとに戦況は激しくなり、兵役義務年齢が二十歳だったものが、昭和十八年には十九歳、十九年には十七歳にまで引き下げられた。それ以外にも「志願兵」という仕組みがあり、十七歳以上であれば軍隊に志願できた。また年齢も昭和十九年には、十四歳まで引き下げられた。

体の調子が戻った頃に貞吉に呼ばれ、この話をされた。時は昭和十八年（一九四三）、伊三、十六歳の冬だった。

昭和十六年から始まった太平洋戦争は二年が経ち、大日本帝国軍の前年までの戦況は勝ち戦だったが、昭和十八年に入り、苦戦を強いられていた。ガダルカナル島の敗戦から連合国軍の反撃が強まり、山本五十六連合艦隊司令長官の戦死、学徒出陣など悲愴感が強まった。しかし、日本の外れの鳥取の小さな田舎村に、こういった情報が伝わることも、知らされるはずもなかった。

伊三は貞吉の言葉に心が揺らいだ。旨い飯が食えて、夜も遊びに連れていってもらえる。ましてや、お金が要らないどころか給金が入る。こんな幸せなことはない。幼なじみが一人もいない故郷にいてもまったく面白くないと思い、昭和十九年、年が明けると海軍兵に志願した。

海軍は志願が基本で、志願兵が不足する場合のみ徴兵をした。平時、志願兵は十七歳以上の志願者から試験で選抜した。まずは、二等水兵として入隊させ、兵を海兵団で纏《まと》めて教育した。レーダーのない時代、広い海原で敵艦を発見する必要性があったため、陸軍よりも視力が特に重視された。海兵団の兵種は、水兵、飛行兵、整備兵、機関兵、工作兵、軍楽兵、主計兵、看護兵（のちに衛生兵と改称）だった。戦時においてはこれにあらず、十六歳で志願できた。

伊三は、このうちの主計兵に志願した。配属される海兵団は、出身県ごとに決まっており、昭和十九年二月、呉《くれ》の大竹海兵団に入団することになった。

二　大竹海兵団

志願兵、徴兵として採用された新兵は、海兵団に入団すると、数カ月間基礎訓練の新兵教育を受ける。軍隊教育の基礎であり、特に海軍兵としての基礎なので、海軍の一般教育と同じく精神教育、技術教育、体育に分けて課せられる。

大竹海兵団とは、昭和十六年に広島県佐伯《さえき》郡大竹《おおたけ》町に「呉第二海兵団」として設置され、昭和十九年に改称された。

伊三は大竹海兵団に、主計兵として入団したつもりだったが、食事の準備をすることもなく、水兵の基本的なことを学んだ。

海兵団の夜明けは、静かであった。兵舎にぎっしりと詰め込まれた新兵たちは、ハンモックに体を休めて眠っている。物音一つしない中をけたたましいホイッスルが鳴る。

「ピー！」

「総員起こし十五分前！」

「用をたす者は、早く済ませろ！」

そう言いながら、班長が廊下を往復している。厳しい訓練が始まる合図である。

「総員起こし五分前」

伝声管から衛兵の声が流れてくる。この号令で新兵たちは飛び起きる。息つく間もなく、新兵たちは庭に集合させられる。朝礼である。

二月初旬、節分の最も寒い時期である。庭にはうっすらと霜も降りている。新兵たちは真っすぐ背筋を伸ばし、手を伸ばそうとするが、寒さで手が悴《かじか》んでしまう。思わず握った手を見て、その手に向かって教班長の田代の足蹴りが飛ぶ。

「こらっ、手を伸ばさんか！」

いくら山陰出身とはいえ、伊三もこの寒さには耐えられなかった。凍てつく寒さの中での足蹴り。「痛てぇ」と心の中で叫ぶ。顔を顰《しか》めることさえ許されない。前を向いたまま、ピッと手先を伸ばす。じっと我慢し、立ち続けて朝礼が終わる。

昼の訓練は、毎日毎日宮島まで訓練用カッターボートで漕ぐというものだった。高波や雨降りの日は、室内で重い箱のようなものをオールに見立てて持ち、前に後ろに漕いでいた。カッター漕ぎは海軍の基本訓練で、尻の皮が擦り剝け、手に豆をつくるなど困苦を極めた。その他にも陸戦訓練、相撲、剣術、結束ロープの結び方学習、修身、軍事学、必須科目の手旗信号訓練などがあった。

伊三は、小さい頃から近くに海岸があり、夏になると海に行って泳いでいたから達者であった。海軍では、泳ぎができなければいけないと思っていたが、泳ぎはうまくなくてもよいと教わった。浮くことができればいいというわけだ。海に入り、沈んでしまう者だけに、厳しい訓練が課された。

カッターボートは十四人がオールで漕ぎ、その中に伊三もいた。みんなが辛そうに漕いでいたが、幼い頃から農業の手伝いをしていた伊三にとっては、息を上げることもなく、苦でもなんでもなかった。伊三の父は厳しく、小さい時から可能な範囲で農作業の一部をさせられた。小学校の五年からは一人前と見なされ、野良仕事ばかりさせられ、父は金稼ぎに出歩いていた。そのため、家にいる方がよっぽど厳しく、海兵団の方が楽だと思っていた。

息を上げ苦しそうにカッター漕ぎをする同僚を横目で見ながら、(これが苦しいかぁ?)と思いつつ、体を前後に倒してオールを漕いでいた。ゆっくりと、無心に漕いでいた。

艇首座に立ち、新兵の様子を窺っていた田代は伊三に向かって、

「貴様ーもっと一生懸命に漕がんかー。オール一本にみんなの命が懸かっているのだぞぉ」

と、檄を飛ばした。

貞吉の言っていた通り、軍隊はとっても良いところだと感じていた。三度の食事が出て、それも全て白米で、丼のような器で腹いっぱい食べることができた。当時伊三の家は農家で、米はあったが、ほとんどの米を供出し、残る米は少なく、毎日の食事というと、少ない米の中に芋や大根を入れて食べていた。ましてや、主計兵だったことで時々炊事場に手伝いに行かされ、おかずの味見やつまみ食いもできた。また夜になると、上官のお供で時々街に連れていってもらった。十七歳の伊三にとって、それは初体験であり、天国とも呼べる生活であった。

大竹海兵団での三カ月の研修もあっという間に終わり、その後品川の経理学校への転属を命じられた。伊三は新兵で入団し、主計一等兵になっていた。大竹海兵団からは、伊三を含め五人が行くことになったが、四人は下士官や上等兵ばかりで、新兵は伊三だけであった。新兵では、めったに配属されることはない、と同行の上官から言われたが、伊三は選ばれた。

当時、新兵は海兵団訓練を終えると実施部隊に行くのだが、なぜか品川経理学校への転属を命じられた。伊三自身は、出来がいいとは思っていなかった。運が良かったのか、上官に可愛がられたのか、はたまた年齢が若かったのか、そんなことは分からないし、考えもしなかった。

命じられるままに海軍兵として真新しい軍服を着て、海軍雑のう袋《ぶくろ》を肩に掛けて品川へと向かった。新緑の季節、昭和十九年。伊三、十七歳の初夏だった。

三　品川海軍経理学校

海軍経理学校とは、海軍で庶務、会計、被服、糧食を受け持つ主計科要員育成のために置かれた軍学校としての養成学校である。主計科士官の基礎教育を行う初級士官養成校としての機能と、主計科の専門教育を主計科士官、及び下士官・

兵に施す術科学校としての機能を兼ね、さらに研究機関でもあった。海軍兵学校（士官の養成を目的とした教育機関）、及び海軍機関学校（海軍の機関科に属する士官を養成する学校）と並ぶ旧海軍三校の一つである。昭和十八年にお台場に品川分校を開き、昭和十九年に本校舎を品川へ移転した。

伊三は、品川経理学校でも三カ月の教育を受けることになった。品川経理学校には新兵はまったくいなかった。ほとんど年配者で、入学早々に先輩たちは若い伊三に、

「主計兵で入ってきたのなら、ここで料理の勉強をして、いずれはホテルの料理人になれる。俺たちは、そのつもりで来ているんだ。お前もいずれは、有名ホテルの料理人だ。頑張れよ」

そう話していた。伊三は、ここで主計兵として料理の勉強をし、艦《ふね》の料理担当になるだろう思っていた。しかし本音は、料理人になるつもりはまったくなかった。とにかく南方に行くため、楽な兵役を送るために、貞吉のアドバイスで主計

兵に志願したのだ。

そうした伊三の意向を受けて、上層部では、話し合いが進められていたのであった。

「このたび大竹から配属された岡田ですが、書類に南方希望とありますが、いかがしましょうか」

伊三の上官にあたる坂井中尉は校長に尋ねた。

「さて、今南方は激戦地だぞ。海軍は退《しりぞ》く一方だ。かつてのように攻め続けている状況ではない。そんなところにいくら志願兵といえ送れんだろう」

「私もそう思います。それに大竹海兵団での成績も優秀ですし、ほっておくわけにもいかんでしょう」

「分かった。君からもさり気なく聞いてみてくれ」

「まず、教官に様子を聞かせます」

「分かった。取りあえず、通常訓練をさせておきなさい」

「はい」

坂井は一礼して校長室を去った。


三カ月の訓練は、料理の勉強をすることも配膳を手伝うこともなく、海軍の話やら、匍匐《ほふく》前進の練習やら、陸戦隊の基礎訓練ばかりであった。基礎訓練は小学校の高等科になると習うので、すでに知っている内容で、ここで同じようなことをしても退屈なばかりであった。教官が言うには、実戦訓練をし、艦《ふね》に乗せようとしても艦がない。多くが沈んでしまい、造るのも間に合わないという。

伊三は日々の訓練を淡々とこなしていた。一カ月後、二カ月後と月末になると、教官から次の配属について、伊三の希望地を聞かれた。伊三はそのつど、「南方の前線へ行きたい」と答えた。

三カ月目に入ると、坂井は自らが伊三を呼び出した。

「なぜ、君は南方に行きたいのか？」

「なぜって？……とにかく南方に行きたい。行かせてください」

理由など答えられるわけがない。貞吉から「行ってみぃ」と言われただけだから……。

上官には、「行きたい」「行きたい」の一点張りであった。こういったやり取りが呼び出されるたびにあり、数回を重ねた。

三カ月の研修終了期間が近づき、いよいよ学校を離れる時が近づいてきた。再び伊三は、坂井に呼ばれた。

「もうすぐ、ここを出ることになる。本当に南方に行きたいのか？」

「はい。南方の前線に行きたいです」

「……実はなぁ、岡田。君は長男だから地元の鳥取に置きたいんだ。米子の小篠《こしの》津《づ》に、我が海軍の美保航空隊がある。そこに送りたいのだ」

坂井中尉は、しみじみと本音を語った。その言葉にも動じず、

「美保基地は何回も行って見ているので、見たことのない南方に行きたいです。

行かせてください。お国のために南方で仕事がしたいです」

伊三ははっきりと答えた。「官費旅行だ、南方まで行ってこい」と言う貞吉の言葉が、頭の中に張り付いたままずっと残っており、なんとしても南方に行きたかった。「お国のため」は、方便である。

「お前は珍しいヤツだなぁ。分かった。南方に行かせてやる。……でも今、南方まで行く船がないんだ」

「待ちます」

こうして何回言っても変わらぬ伊三の態度に坂井は、南方に行かせることを決めた。

「南方までの船の便はないが、今度下関から台湾に向けて、砂糖を積むための輸送船が出る。それに乗れ。台湾の高雄から南方行きの船があるだろうから、そこからフィリピンに行け」

と言われ、「一〇三」と書かれた一枚の札を渡された。伊三は、この札が何を意味するのか、また「一〇三」がどこなのか分からなかったし、聞いても教えてもらえなかった。

この一枚の札が、伊三の官費旅行を有意義なものにした。

伊三はやっと南方に行けると内心喜んだ。貞吉の言っていた南方って実際は、どんなところだろう。ワクワクしていた。貞吉は年中暖かいって言っていた。食べ物も今まで食べたことのないものもあるという。そして、自分の故郷と違って、まったく雪も降らない。年中夏らしい。

いよいよ官費旅行の始まりだった。お金は一銭もなく、軍から支給された雑のう袋一つを肩に掛けての移動だった。

四　マニラへ

一九八五年日清戦争の勝利で「下関条約」が締結されると、台湾本島・澎湖《ほうこ》諸島は、清から日本に割譲されて、日本領台湾になった。ちなみに、一九四五年に日本が、連合国に降伏すると、中華民国は台湾の統治を開始した。

昭和十九年八月。伊三、十七歳の夏だった。

東京を出発し、列車に揺られ下関港まで行った。もちろん直通の列車はなく、途中下車も余儀なくされた。そのたびに一枚の「一〇三」の札を見せるだけで、汽車に乗れるし、食事もできた。また札を見せるだけで、何でも食べることができた。汽車に乗れば、車内販売の売り子に札を見せるだけで、弁当がもらえ、食堂に入れば、そこで食事も自由にできた。もちろん運賃などは、一切支払わなかった。まさに、官費旅行そのものだった。

下関から台湾行きの輸送船も、身一つだから札を見せるだけで簡単に乗せてくれた。台北の基隆《キールン》に着いた。台湾の空は青く限りなく高い。生まれて初めての海外。伊三は大きく伸びをして空を見つめた。

基隆から台北に行き、台北から列車で高雄に向かうこととなった。当てはあっても時間に縛られることもなく、気ままな一人旅。高雄まで列車の直通はなく、行く先々で乗り継ぎのために次の駅まで歩いた。台湾まで来たのだからと、台湾見物をしながらの、のんびりとした旅であった。

当時、台湾住民の日本人化政策が徹底されていた。

伊三は、服が汚れると自ら川で洗い、それでもさらに黒ずんでくると、石鹸などは持っていないので、日本人の民家に飛び込み、服を差し出すと住民が洗ってくれた。伊三は海軍兵であるために、軍服姿を見ると、住民は快く洗濯してくれた。暑い台湾では、服もすぐ乾いた。お腹が空くと、道中の家の庭先にバナナの木があり、千切っては食べた。故郷では、同じように無花果《いちじく》の木が庭先に植えてあり、道に実の付いた枝が出ており、幼い頃からそれを勝手に採って食べていた。それと同じように台湾では、無花果がバナナの木に替わっていた。

道中で台湾人の老婦に出会った。六十歳くらいだろうか。老婦は見るからに小さな足をしていた。大人の半分ほどの足だった。伊三はその老婦に尋ねた。

「おばさん、足が小さいけど、なんでだぁ？」

「台湾では、足の小さい方が美人と言われているんだわ」

老婦は若い伊三に優しく答えてくれた。

「ふ〜ん。……で歩けるんかあ？」

「小さい時からこんな足で、慣れているから歩けるよ」

と、生まれるとすぐに小さな靴を履かされ、足が大きくならないようにされたと、足の小さい理由まで話してくれた。

その足を「纏足《てんそく》」という。中国からの移住者が多く住んでいた台湾では、「纏足」の風習があった。伊三が台湾に行った頃には、その風習はなくなっていたが、老女の中にはそのままの者もいた。

気ままな一人旅。一カ月かけて高雄に着いた。台湾の列車移動でも、札を出すだけで乗車と食事ができた。戦時中だというのに、のんびりと官費旅行を満喫しきっていたのだが……。

高雄に着き、ここまで来たら、フィリピンまですぐにでも行けるだろうと思っていた。しかし、高雄からフィリピン行きの船が出ることはなかった。一カ月間、高雄で待たされる日々が続いた。一人きりで「一〇三」の札は持っていたが、一銭のお金の持ち合わせもなく、何もすることもなく、毎日ただ高雄の街をぶらぶら歩き回っているだけだった。だが、焦ったところでどうしようもない。逸《はや》る心を落ち着かせながらじっと待つことに決めた。

そんなある日、海兵団から連絡が入った。夏が過ぎ、秋も深まる十月一日だった。

八月に東京を出発してから、何もすることのない台湾での一カ月の滞在は、さすがの伊三にも長かったので、待ちに待った日であった。

支那《しな》からフィリピンに向けて、陸軍兵と兵站物資や兵器を積んだ補給船が給油のために寄港するという。それに乗るように命じられた。五隻の補給船は四隻が陸軍兵で、一隻が馬や大砲など物資を積んでいた。一隻に二百人程度の陸軍兵が乗船していた。その中に紛れるように乗船が許された。

出発前に台湾海兵団の隊長から、伊三は訓示を受けた。

「ここから先は、日本の国ではない。ここから先は、命がないものと思え」

隊長は、そう言うと小さな石に、伊三の名前と住所を書くように命じた。それを受け取ると、代わりに番号が印字された鉄板を渡し、身に付けるように命じた。

この鉄板の数字が伊三の認識番号であり、台湾南端からフィリピンのバタン

（バシー）諸島を結ぶ約百キロメートルのバシー海峡を渡る時に、敵の戦艦から撃沈されて、海の藻屑となった場合、遺品が一つもなくなるために、この小さな石は、遺品や遺骨の代わりとなり、家族の元に送られるのだという。

伊三はそんな切羽詰まった状況もまったく気にもせず、「いよいよ目指す南の国に行ける、待っていました」とばかりに補給船に乗った。

十月二日の昼過ぎに、補給船は高雄を出港した。五隻の補給船は、フィリピン・マニラに向かった。伊三は五隻目に乗船していた。補給船は一晩中走り、十月三日の明け方、バシー海峡を通過中であった。

辺りはまだ薄暗く、マニラの街の光がちらちら見えてきて、伊三の心をいやがうえにもかき立てた。通常の輸送船航路は、台湾、マニラ間を二日かかって輸送するようになっていた。しかしこの補給船は、航路を一日で走った。それほど急を要していた。

やっとフィリピン、南方に到着だ。これからどんな日々が始まるのか、気持ちが高ぶった時だった。先頭の補給船が大きな音の後、煙を上げた。グワォーン。突如銅鑼の音のような爆音が鳴り、船の横で水飛沫《しぶき》が数メートルの高さまで上がった。水飛沫が落ちると、間もなく船が沈んだ。轟沈《ごうちん》だった。伊三は噂には聞いていたが、初めて轟沈を見た。めったに見ることはないと、乗船していた船員に言われた。

轟沈とは、艦船の沈没時を表した軍事用語で、敵の攻撃を受けた船が短時間で沈没することを意味する。

「敵潜だー」

前方で見張りをしていた兵が大声を上げた。敵の潜水艦が夜の闇を利用し近づいて魚雷を放ってきたのだ。慌てる乗務の兵たち。何をする術もなく、激しい衝撃波で海に投げ出された者もいた。

「撃たれたぞー」

魚雷は狙った獲物をまるで赤子の手を捻るように、いとも簡単に先頭の補給船から順に船腹に命中させた。補給船は真っ二つになり、大きな音を立ててゆっくりと沈んでいく。魚雷が命中した機関部は炎上し、流れ出した重油に火がつき、燃えている。火は水面を這《は》うように広がり、黒い煙を上げ、燃えている。数分の出来事だった。

「船が沈むにつれて渦巻きが起き、沈み終わった時に、さらに大きな渦巻きが周囲に浮いているものを飲み込んでいく。

投げ出された兵は、グルグルと回る渦巻きの強い力で海中に引っ張られていく。その渦はだんだん深く海底に届く。木片などに掴まったまま兵も同じように飲み込まれてゆく」。運よく渦巻きを逃れ、浮遊物に掴まり、海上を漂っている兵たちもいた。

この時、五隻の船団の四隻まで次々と撃沈され沈んでいった。伊三は運よく最後尾の船で見張りをしており、四隻の船が沈んでいく様《さま》を何もすることもできずじっと見ていた。伊三は、呆然とするばかりであった。

と、その時、船内が慌ただしくなった。一本の魚雷がこっちに向かって来ている。水面すれすれに魚雷が真っすぐ小さな波を立て、勢いよく向かって来ていた。肉眼でもはっきりと分かる。魚雷の弾頭の部分は赤く、後ろの部分は緑色だ。

「こっちへ来るぞー」

と、誰かが叫んだ。その叫びのすぐ後で、体を引き裂くような音と振動を伊三は感じた。

「撃たれたー」

誰かが叫んだ。伊三は、船尾の少し高い場所で見張りをしていたが、激震で甲板に転げ落ちた。

「痛ったぁー」

「船の前がやられたぞー」

誰かが叫び、前方で煙が上がっている。

「あと少しでマニラなのに……。こがなところで（こんなところで）死ぬわけにはいかん。なんしに（なんのために）マニラまで来たんだぁ〜。もう少しだったのに……」

煙の方向と、マニラの街を交互に見ながら呟いた。

伊三は、近くにいた乗組員に駆け寄り尋ねた。

「おい、沈むだかあー？」

「大丈夫だ。この船はエンジンが後部にあり、この程度の破損なら沈まん。船も動く。マニラには着く」

当時の補給船は、機関室が真ん中にあるものと、後部にあるものがあった。伊三の乗った船は、幸いにも後部にあった。他の四隻は中部にあり、魚雷が命中し沈没した。補給船の構造は、攻撃を想定してか、鉄板で一室ずつ細かく区切ってあり、攻撃されても水が入ってこないような構造になっていた。しかし、攻撃された部分は、完全になくなっていた。

「良かった〜」

伊三は心底そう思い、胸を撫で下ろし、船が進むのを待った。外は薄明るくなり、敵の潜水艦は、魚雷が命中したのを確認すると、深く潜って去ってしまったようだ。

潜水艦がいないのが分かると、機関士はエンジンのパワーを目一杯上げた。バウバウバウと、エンジンが大きな音を立てた。舳先《へさき》のない補給船は、ゆっくりと動き出した。

そして、しばらく進むと一キロメートルほど先には、マニラ湾が見えてきた。船はゆっくりと進み、午前八時過ぎにマニラ港に着岸した。

伊三は港に降りて、ふぅーっと大きく息をした。五隻の補給船のうち四隻が沈み、伊三の乗船した最後尾の一隻だけが残った。多くの犠牲者を出した。沈んでゆく船とともに海中で亡くなった者、海に飛び込み、海上に漂っている板にしがみつき、流され、力尽きて亡くなった者。そんな彼らを船上で見つめながら、伊三は助かったのだ。この時に、戦争での死を、初めて間近で見た。改めて戦争の恐ろしさを感じたのだった。

と同時に、「生きたい」という感情も一気に強く膨れ上がってきた。

(何が官費旅行だぁ。大変な官費旅行だぞぉ、貞吉っつぁん〜)

しかし一方で、死ぬかもしれないという時に、伊三は妙に落ち着いていた。死を間近にすると、そうなるのかもしれない。

補給船に積み込まれていた兵や武器が沈没させられたことによって、後に起こる十月二十日のレイテ沖海戦やルソン島の敗戦を招くことになった。日本の敗因として挙げられるものに、米潜水艦の輸送船破壊があった。日本海軍は海上護衛戦を軽視し、海上護衛戦に敗れていた。米潜水艦は多くの日本船を撃沈した。

マニラに着いた伊三は、マニラ海兵団に配属され、「一〇三海軍病院」の勤務となった。日本を離れ、フィリピンに来る時に渡された「一〇三」と書かれた札の意味がやっと分かった。

　この時、伊三は十七歳にして主計上等兵になっていた。東京を出た時に昇級していたのだ。

　大日本帝国海軍の上等水兵とは、一等兵の上の階級であり、通常、新兵から一年半かかると言われている。しかし、伊三はたった半年で主計上等兵に昇級していた。

　マニラ海軍病院では主計兵として食事係をするものだと思っていたが、主計上等兵という階級ゆえに、病院では食事係が持ってくる食事を、上官に検査してもらう役目と被服係を命じられた。被服係とは、患者（もちろん傷ついた海軍、陸軍の兵隊）の衣服の着せ替え役や出入り枚数のチェックをし、帳簿に付ける仕事であった。

　負傷兵である患者の出入りは激しかった。昼夜関係なく二十四時間、傷ついた兵や病の兵が、病院に担ぎ込まれてくるために忙しく動き回っていた。

伊三はやっとの思いで南方に来たのだから、交替勤務の休みの日には、夜の街にも出たいと思った。

上官から、

「マニラの街は危険だから、一人での外出は禁止。三人以上で必ず外出するように」

と告げられた。

ある日、伊三は五人で夜の街に繰り出した。一緒に出掛けた者の中にこんなことを言う者もいた。

「岡田君、うちには君と同じような年頃の息子がおる。君は若くして上等兵だ。立派だ」

「そがな（そんな）ことないですよ」

伊三は照れながら返事をした。実は伊三自身も、なぜ上等兵になったのかも、よく分かっていなかった。「俺は、ただ南方に行きたい」という思いだけで行動してきたにすぎない。

戦争の状況は、連合軍は昭和十九年十月二十日にレイテ島に上陸した。その上陸を阻止すべき日本海軍は、十月二十三日レイテ島沖で海戦し、空母戦力、瑞鶴、瑞鳳、千歳、千代田が撃沈。さらに二十四日、戦艦武蔵が沈没。そして二十五日には、神風特攻隊が初出陣したのだった。艦船はことごとく撃沈された。また神風特攻隊も当初、連合軍護衛空母など五隻に損傷を与えたが、華々しい戦果を上げることはなかった。この時の戦死者は、八万四〇〇〇名であった。

このような状況にもかかわらず、直接戦火を交えることはないせいもあり、伊三はフィリピンでの生活を満喫していた。

昭和十九年十月、若くして上等水兵ということで辛い仕事から解放され、比較的楽な仕事をしていた。一番若いことから、上の兵隊や下士官からも可愛がられていた。

レイテ島沖海戦で勝利した連合軍は、年開けの昭和二十年一月六日からマニラ攻撃を開始した。三日間以上の激しい事前の砲爆撃をし、九日にルソン島リンガエン湾に上陸した。日本軍はフィリピン守備隊として、第十四方面軍をルソン島に配備していたが、司令官山下奉文《ともゆき》大将は、部隊を三つの集団に分けて、持久戦を図る戦略に打って出た。山下自身が率いる尚武《しょうぶ》集団は、司令部を首都マニラからルソン島北部のバギオに移動し、横山静雄中将の振武集団《しんぶしゅうだん》をマニラを含む南部に、塚田理喜智中将の建武集団《けんむしゅうだん》をクラーク飛行場群のあるマニラ北東部地区に配置した。

マニラ市街戦も終盤の二月二十三日、アメリカ軍第六師団、第四十三師団と一個連隊が、振武集団の第一線陣地に対する砲撃を開始した。アメリカ軍は、猛砲撃の後に戦車を中心に包囲を進めていった。対する日本軍は、三月中旬頃から第二次攻撃を行って反撃し、アメリカ軍師団長等に重傷を負わせ、戦果を上げた。

しかし、三月下旬になると日本軍は、第一線陣地を放棄し第二線陣地へと退却した。四月になると、アメリカ軍は三個師団を投入して最終的な包囲攻撃を行った。日本の振武集団は、三つに分断されてしまい、苦戦を強いられた。

五　バギオを目指せ

伊三は十八歳になり、逞しい青年になっていた。戦場はたった一年で素朴な青年を大きく成長させた。

五月になると、アメリカ軍の攻撃は激化し、伊三のいる病院も砲撃やら空襲を受け破壊された。

「患者をこのまま病院に置いておくのは危険だ」

指令官は患者を本土に送り返すことにした。患者を船に乗せ、全員本土に向け送り出すと、病院勤務の兵たちは、ここにいる理由もなくなり、またここにいても危険だということで、方面司令部のあるバギオ銅山を目指すことになった。海軍司令官は、海軍兵一人一人に拳銃と手榴弾を手渡した。

残った約二百名の海軍や陸軍の兵たちは、バギオを目指した。距離にして約二百五十キロメートル。敵に見つからぬように山道を行軍することになった。山といっても熱帯のジャングルである。伊三たちのいたルソン島南西部のジャングルの環境は熱帯モンスーン林で、熱帯雨林のような高い樹木（三十～五十メートル）はなかった。また三月から五月は初夏、六月から十月は雨季の季節になる。

伊三は、リヤカーに食糧など物資を乗せ、部隊の後方でゆっくりと進んだ。市街地を抜け、山の道を歩いていくのだが、山といっても片方が崖で、片方はマニラ湾である。アメリカの「P－38」攻撃機が、海側から中腹を行軍する伊三たち目がけて銃撃してくる。今までに見たことのない飛行機の形だった。胴体から後ろが二つに分かれている双発単座攻撃機だった。そして急降下で低空飛行し、攻撃してくる。

「P－38」は、戦闘機、対地攻撃機、戦闘爆撃機として使用され、戦争初期には低高度性能が低く格闘戦に持ち込みやすく、「容易に攻撃できる＝ペロリと食えるP－38」という名から、日本帝国海軍のパイロットからは、「ペロハチ」と呼ばれていた。だが、改良を重ねて速度と武装と急降下性能を生かした一撃離脱戦法に切り替えられると、日本機は敵《かな》わなくなった。「双胴の悪魔」と呼ばれるようになった。

ダダダダダ、バリバリバリ。

耳を劈《つんざ》く、落雷音に似た「P－38」の激しい機関銃の攻撃音。超低空飛行から、伊三たちに向かって容赦なく撃ってくる。時間にしてわずか数分の出来事であった。逃げ場もなく、多くの仲間の兵士が撃たれ、死亡した。

先頭を務める兵士が撃たれて、十数人が一挙に死亡する。残った者たちは、身を隠し、潜む。息つく間もなく旋回して、再び潜んでいる場所を銃撃してくる。狙い撃ちのようなものだった。また十数人が撃たれて死亡する。

「うっそだろうー」

伊三は思わず声を上げた。まさかの旋回スピードだった。伊三は、抱きつけないほどの大きなヤシの木の根元に隠れて、旋回してくる戦闘機の銃撃を、防いだ。

ダダダダダ！

撃ってくるたびに、伊三は「うぉ～」と雄叫びを上げ、自分自身を奮い立たせた。戦闘機からの攻撃に合わせて、ヤシの木を盾にクルクルと回り、自身に当たらぬようにした。ヤシの木に銃弾が当たり、ピュン、ピュン、ピチッ、ピチッと音がし、木の皮が飛び、足元に落ちる。他の兵士が撃たれて死亡するのを見て、戦闘機の攻撃パターンを読んでの術《すべ》だった。二回攻撃をすると「P－38」は去っていった。

残った行軍隊は、ジャングルに逃げ込み、攻撃を逃れると、再び中腹に出る。

そして攻撃に遭う。こういった状況が三日間続き、ついに司令官は決断した。

「これではだめだ。昼間の行軍を諦めて夜間行軍に変更する」

伊三は出発時から押していたリヤカーを手離し、食糧などをリュックに詰め込んだ。

伊三たち一行は、夜間行軍に変えた。昼は近くの村に隠れて潜み、夜は行軍する。夜間行軍が成功したのは二日間であった。夜は夜で、アメリカ軍は夜間爆撃や銃撃してきた。隊の大きさが敵にはすぐに分かり、攻撃された。二百人の行軍はあまりにも長過ぎたのだった。

上空からの攻撃で、日々行軍人数が減っていく。出発当初二百人いた隊は、あっという間に半数以下にまで減っていた。まだ進んで間もない。攻撃によって、部隊は足止めをくらい、一つも前に進むことができなかった。一週間、十日と経つにつれて食糧も減っていく。

「腹減った。食べ物を分けてくれ」

伊三も最初のうちは、少しずつ分け与えていたが、見る見るうちに減るのが分かる。

（もうやれん。これ以上やれば、俺の分がなくなる）

目的地は、いつ辿り着くのか分からないほどの長距離。食べ物を分け与えていては、自分が餓死する。伊三は与えるのを止めた。食糧の尽きた兵たちは歩く力もなく、バタバタと倒れ、死んだ。

銃弾に撃たれ、脚に傷を負った陸軍兵もいた。陸軍兵は蛆《うじ》療法を聞いていた。その傷ついた足に蠅がたかる。蠅をたからせ、卵を産ませた。その卵が数日経つと孵化し、蛆がその傷をなめてくれて傷口を治した。また食糧不足で、その蛆さえ食べたという。

六　解散

何回かの攻撃に遭い、司令官たちが撃たれて死亡し、指揮命令する者がいなくなった。年配の下士官たちは話し合い、決断を下した。

「隊の統制は、これ以上無理だ。隊を解散させる。あとは各々気の合う者同士仲間となり、司令部を目指せ、幸運を祈る」

「解散！」

こうして隊は解散し、各々気の合う者同士でグループになった。伊三は最初の「P－38」の攻撃で、病院勤務の仲間全員を失い、一人で行軍していたが、この時に立木義昭《よしあき》という海軍兵と一緒になった。立木は、当初軍医の隊長と行軍していたが、何回目かの攻撃で隊長が撃たれ亡くなり、一人で行軍していたところ、伊三と知り合った。海軍の兵は、二人だけだった。

立木とは、このグループになった時が初対面だったが、妙に気が合った。三歳年上で階級も伊三よりも一つ上の兵曹だが、当初からその素振りは見せなかった。立木は大人しい性格であったが、戦場の状況をよく分かっていた。年下でも大胆な行動をする伊三を尊敬し、敬った。伊三も、階級、年齢とも上の立木の遜《へりくだ》った態度に尊敬の念があった。この二人がこの後、生死の境を彷徨《さまよ》う行軍を、協力して乗り越えていくのである。

伊三と立木は、陸軍兵十人のグループの最後尾に同行した。陸軍の十人前後のグループは、解散時には五グループで、出発時に二百人いた兵は、五十人程度まで減っていた。グループは、それぞれに小さな塊となって前へと進むことになった。

伊三たちのグループは、小さな村に遭遇した。村には豚が飼われていた。陸軍兵は豚がいるのを見つけると、子豚を盗ろうという話になり、豚小屋にゆっくりと近づき子豚を捕まえた。子豚が大声で叫び、その声を聞きつけ村人たちがやってきた。集まってきた村人の中に、民兵も数人混じっていた。

民兵とは、抗日ゲリラのことで、農民運動を母体にルソン島の山村の者たちで結成されていた。日本軍の追放などを目的として、日本陸軍兵を相手に巧妙なゲリラ戦を展開した。山村の住民も、住居や食糧を提供するなどして彼らの活動を支援した。

陸軍兵の一人は、一匹の子豚を撃ち殺し、抱え上げジャングルに向かって一目散に逃げた。村人のやってくる気配に気づいた伊三と立木は、真っ先に逃げ、陸軍兵たちの前を走っていた。民兵は銃で撃ってきた。陸軍兵も銃で応戦した。

ダーン、ダーン。

その銃弾は、隊長の吉野の左胸に命中し、バタンと倒れた。

「隊長ー!!」

部下が大声で叫んだ。

「逃げろー。生き延びろー」

吉野は声にならない声で叫ぶと、仰向けになった。吉野の服の胸の辺りから、少しずつ血が滲み、広がっていった。吉野はゆっくりと目を閉じた。その横で他の兵たちが応戦していたが、次々と民兵の銃弾が顔に当たり、血飛沫が飛び散り、ガクッと跪《ひざまず》くと前のめりに倒れてしまった。伊三と立木は、振り向くことなく、草木をかき分け前へ前へと必死で走った。

するとと伊三の後ろで、子豚を抱えていた陸軍兵が背中を撃たれたのか、突如悲鳴を上げ、子豚を前に放り投げたような音がした。伊三と立木は、同時に振り向き、立ち止まった。そして伊三は、急いで子豚の方へ戻り、子豚を引きずり抱えると、ジャングルの中に向かって再び走り出した。後を立木が追った。何人かの兵は、二人を庇うように逃げながらも応戦している。民兵たちは、伊三たちの姿が見えなくなると銃撃を止め、追うのも止めた。

二人は息の続く限り、草木をかき分け目一杯走った。伊三は、過去の訓練にないほどに一生懸命走った。自分でも、これほど足が速いとは思わないほど必死に走った。そして民兵や村人が、追ってこないのが分かると足を緩めた。

二人は立ち止まり、ゼイゼイと荒い息をしていた。高等小学校の運動会の徒競走ですら、こんな息をしたことがなかった。息が落ち着いたところで、顔を見合わせた。二人のところへ残った兵たちが近寄ってきた。この時、十人中三人の仲間を失った。解散した部隊に上下関係は薄れていたが、誰もが吉野を頼りに行動していたことは間違いなかった。吉野はもういない。しかし、戦場で感傷に浸って泣いている余裕はなかった。己自身が全てである。

「豚は俺が捌《さば》く」

伊三は、そう言うと上手に豚の皮を剥ぎ、必要な部分の肉を捌き始めた。伊三は、元来手先は器用であり、小さい頃から父が、鶏や豚を捌いているのを見て知っていた。

細かくした肉を木の枝に刺し、串焼きにしてみんなに分け与えた。残りの肉は、刺身を捌くように器用にスライスして、干し肉にした。熱帯の暑さですぐに乾いてポークジャーキーになった。貴重な保存食だ。

満腹になると、残った兵たちは落ち着き、今後の話になった。

七　必死の行軍

フィリピンにいる多くの陸軍兵たちは、徴兵を受けた二十歳以上の兵で、伊三たちと一緒にいる兵は二十五、六歳から三十歳前後。大陸から派遣された者たちだった。伊三と立木は、十八歳と二十一歳と若かったことと海軍兵で所属軍が違っていたことで、全ての決め事に口出すこともせず、彼らの後ろについていった。

陸軍兵たちは、そのまま夜間行軍を続け、少しずつ前へと進んだ。昼は村に身を隠し、夜になると歩き出す。日中、村人に見つかると民兵に追われた。一緒に行動していた仲間は、民兵に追われるたびにチリヂリバラバラになって分散していった。気づくと、伊三と立木と陸軍の春日だけになっていた。今まで一緒にいた他の兵は、どこに行ったのか、どうなったのかまったく分からない。彼らを探し、共に行動するという余裕もなかった。

結局この時から、三人で行動することになった。軍も違い、階級も伊三たちよりも下だったが、年長者ということで、春日がリーダーになった。三人はひたすら前へと進んだ。

ルソン島の地図は、奥地に行くほど不正確で、地図上の村が実際には存在せず、地図にない別の村が、別の位置に存在することは珍しくない。住民がいれば確認できるが、住民も一人残らず逃げ去っている場合も多い。放置された村では食えるものは、ほぼ食い尽くされ、牛豚鶏はもちろん、犬猫、ネズミまでいない。いるのは蠅、蚊、そして腐乱死体にたかる蛆だけであった。

三人はまた小さな村を見つけた。村には田もあった。運よく、稲の実りかけた村に、住民はいなかった。刈り取る間もなく、逃げ出したのだろう。

「米があっどぉ」

立木は、遅れて来た伊三たちに呟いた。

「盗《と》りに行くぞ」

春日は伊三に声を掛けた。伊三は頷くと、ゆっくりとリュックを下ろし、中身のほとんどないリュックをひっくり返した。

「あて（私）も行きます」

立木は、そのリュックを背負った。

三人はゆっくりとジャングルから抜け出すと、田に入った。田には、黄緑のまだ頭を垂れていない稲があった。空腹の伊三たちには、関係なかった。少しでも空腹を満たせられればいい。

三人は、田に足を踏み入れると、無言のまま急いで稲穂や籾《もみ》を手で毟《むし》り取ると、立木の背負っていたリュックの中に投げ入れた。手のひらは、穂で傷つき赤くなった。しかし気にする余裕もなく、遮二無二リュックが膨らむまで入れた。リュックには、稲穂やら籾やら、葉茎やら、いろいろなものが入った。

リュックは膨らみ、立木は背中で重さを感じると、

「もう、よかではないとですか？」

その声に二人は手を止めた。いっぱいになると、逃げるようにその場所を離れた。さらにジャングルの中を奥に進み、広場になりそうな場所を見つけると、春日が草を刀で刈り、踏みしめ広場を作り、三人は座った。伊三は、飯盒の中に籾付きの米を入れると、棒でコツコツと突いて籾殻を取った。籾殻を取ると中から玄米が現れ、それを飯盒で炊いた。立木は伊三と同じようにして食した。春日は陸軍で教わった鉄帽を地面に置き、臼代わりにして、銃剣の柄頭《つかがしら》でコツコツと突いて脱穀した。

今まで病院で食べていた精米と違い、旨いとはいえないが、これでしばらくは飢えを凌げる。盗った米は、いくらも余ることはなかったが、余った玄米ご飯は、乾燥させて、持ち運びの食糧とした。

「春日さんの故郷《くに》はどこですか？」

食事をしながら、どちらかともなく身の上話を始めた。

「私は島根の田舎村だ」

「ホントですか？　わしは鳥取です」

伊三は、笑顔いっぱいに喜びを表した。村を出てから鳥取県人と会うこともなかった。鳥取と島根は、隣り合わせの県で、同じ山陰地方。久しぶりに、地元の人間に会ったような気がして嬉しくなった。

「私は出征前に結婚し、娘が一人おる。まだ二歳になったばかりだ。顔を見たことはないが、嫁が写真を送ってきた。見るかい？」

そう言うと春日は、大事そうに懐から写真を取り出して二人に見せた。写真には、母に抱かれた幼い子が写っていた。

「名前は幸子と言う。幸せの子と書く。幸せになってほしえ（ほしい）。戦争なんてない方がええ。早く還《かえ》って娘を抱きてえ」

しみじみと言うと、写真を再び大事そうに懐にしまい、食事を急いだ。

十日間歩いた。どれくらい進んだのだろうか。道なき道を歩いたため、迷ってしまった。それでも足を進めるしかなかった。

若い伊三は、体力には自信があり、荷物を背負っていた。進むべき道が分からないまま、何日もジャングルを彷徨《さまよ》い歩き、保存した食糧も少しずつ減っていった。食糧が尽き果ててきた頃、春日が倒れて動けなくなった。

伊三と立木は、若いだけあって、行動範囲が広く、保存食がなくなると、バナナやパイナップルを採って食べた。戦地では、自分のことは自分で賄うしかない。他の者を庇うほど余裕はない。春日は空腹と疲労で動くことができず、

「俺はもうついていけん。先に行ってくれ」

と懇願した。

「そんなこと言わんでください。俺らが食糧を採ってきっで（来ますから）……

待っちょってくれんですか（待っててください）」

立木はそう言うと、伊三の顔を見た。伊三も頷いた。

「もういけん（ダメだ）。動けん」

春日は、声にもならない声で小さく呟いた。

「俺はもういけん（ダメだ）俺を置いて、先に行ってくれ。俺はここで死ぬ」

二人は急いで、食糧探しに出掛けた。バナナを探し当て、一時間ほどして、その場所に戻って来ると、春日は首を吊って死んでいた。

二人は亡骸を下ろし、静かに草むらに寝かせ敬礼をしてから、その場を去った。

ついに二人きりになった。

フィリピンにいた陸軍兵は、年配兵が多く、行動範囲が狭く、多くは飢えによって死亡した。

「ついに、俺たち二人きりになってしまったなぁ」

「こっから先は、二人で進むしかないわ」

「まあ、最初から二人だけの海軍兵だとよ」

病院を出発し、行軍して解散した時点で、二人だけだった。他は同じ日本人とはいえ、彼らは陸軍の部隊。名前も知らない兵たちだった。部隊の後ろについただけで、ほとんど二人で行動してきたようなものだった。陸軍の兵士も、二人に話し掛ける者も、さほどいなかった。

長い間歩いたような気がした。

「俺らは、どの辺にいるだらあか（いるのだろうか）？」

「さあ？　でも、もう七月の中旬じゃと思うとよ。出発して二カ月にもなるんしなぁ。バギオも近いんではないか？　前に行くしかないちゃ」

伊三は、もはや日にちが分からなくなっており、立木は指折り数えて、曖昧な返事をした。

八　末期《まつご》の水

ジャングルの中を二人で歩いていくと、山中の川沿いの少し広い場所に辿り着いた。そこには、先客の陸軍の兵たち十数人が横たわっていた。食糧不足で飢えた兵たちは、動くこともできない。伊三たちを見ても、誰も近寄ってくる者がいなかった。ただ、悲愴な顔をして苦しそうに、

「水をくれ～」「水……」

と呟く者ばかりだった。四、五歩這えば、届きそうなほど近くに川があるのに、そこまで這っていくことすらできないほど体が衰弱していた。敗残の兵たちを見かねた伊三と立木は、飯盒を取り出し、「それ飲め」「それ飲め」と川で水を汲んでは飲ませ、また戻り、水を汲んでは彼らに水を飲ませて回った。

彼らは、飯盒に溢れんばかりに、なみなみと汲まれた水を一気に飲むと、ふっ

ーと息をつきバタンと仰向けになり、目を瞑る者や、「もう一杯水をくれ」と哀願する者もいた。彼らは水を飲むと、そのまま ぐったりと横たわり、その後動かなくなった。末期の水だった。彼らは補給を絶たれ、もはや犬死にでしかなかった。

伊三たちは、陸軍の兵たちを置いてその場を離れ、前へと進んだ。微かな陽ざしが入るジャングルの中を、木や草をかき分け前に進んだ。すると遠くに陽《ひかり》が見えた。空腹の中、陽の方向に足を速めた。陽の方向を見ると、ジャングルが開け、再び小さな村があった。

「フィリピン奥地の農民は、稲の穂先だけを積み、束ねて高床式の納屋に入れて保管する。籾のままで置かないと、雨季に腐ってしまうからだ。この束ねた穂の一束を「マノホ」といい、日本軍はこれを狙った。盗んで逃げるのだから、一人一マノホから、二マノホである。俗に一マノホ、一升といわれていたが、脱穀してみると、せいぜい六合くらいであった。農業技術が低いためか良いマノホは、住民が持ち去って、屑のマノホだけが残っていた」

伊三と立木は、この村の「マノホ」を盗みにはいった。住民は逃げて、いなかった。村を漁《あさ》ってみたが、何もなく、残っている「マノホ」を両手でありったけ掴むと、村にあった空の一升瓶に入れ、棒で突いた。何回も突くと籾から玄米になり、さらに突くと白米になる。そのわずかな白米を煮て食した。

九　マラリア

伊三と立木は、再びバギオを目指して歩き始めた。しかし、行く道が決して良くなったわけではない。自分たちがいる場所が、どこなのかは一向に掴めていない。道なき道を歩き続けて、バギオを目指していた。だが、今や道に迷っているのは間違いない。

食べ物がなくなるたびに、夜になるのを待って、見つけた村の納屋や畑に入り込み、米や野菜を盗んで食べ、自生する果物や蛇などを見つけては取って食べた。貴重な食糧を少しずつ食べながら二人は、互いの身の上話をした。

「立木さんは、どこから来たんだあ？」

「鹿児島じゃ。伊三はどこだっけ？」

「俺は鳥取。村の先輩に官費旅行だけぇ、タダで行けるだけぇ、南方に行ってみぃ、って言われてきただわ。確かにタダでいろいろ飯も食えたし、ここまで来れたいや。だけど、こがなこと（こんなこと）になるとは思わんかったわぁ」

伊三は、ハハハと笑った。

「オイは次男で、分家か婿入りするしかなか。家は鹿児島の山奥のちぃ〜さな村でなぁ、出征《でる》しかなかったとよ」

立木はぽつりと言った。伊三は長男だが、実家は貧しい農家。立木の言うことは理解できた。当時の農村では、日本中どこも同じような状況であった。国のためといえ、家族は貧しく、兵隊に行くのが家計の助けになり、多くの次男、三男は志願兵として出征した。

二人でトボトボと歩いていたある日、伊三はマラリアに罹《かか》ったのを知った。次第に熱が上がり始め、朦朧とする中、それでも歩いていたが、ついに力尽きた。倒れながら、何度も蚊に刺されたのを思い出していた。

マラリアとは、熱帯から亜熱帯に広く分布する原虫感染症。ハマダラカが媒体になって感染する。発症すると、四十度近くの激しい高熱に襲われるが、比較的短時間で熱は下がる。

しかし、三日熱マラリアの場合は、四十八時間おきに繰り返し高熱になる。すぐに治療しないと、どんどん重篤な状態に陥ってしまう。一般的には三度目の高熱を出すと、危険な状態になると言われている。治療薬としては、キニーネが知られている。

「マラリアに罹ると、まず猛烈な悪寒が襲い、震えが止まらない。何枚毛布を掛けても寒く、震えが止まらない。次は発熱が始まり、発熱が始まると、途端に三十九度、四十度と高熱になる。そして猛烈な汗をかく。マラリアも三日熱は一日おき、四日熱は二日おきに、この症状を繰り返す。

二日目から意識が混濁し始めて、やがて脳を冒されて意識不明となる。栄養失調で体力が衰えているところにマラリアに罹ると、高熱による体力の衰えは、すさまじい。重い荷物を担いでの行進、落伍して列を離れたら最後だった。険しいジャングルで、その落伍兵を背負って行けるわけがない」こうやって陸軍の兵たちの多くは、亡くなっていった。

「マラリアになったみたいだわ（なったようだ）。俺はもういけん（ダメだ）」

汗を流しながら、伊三は倒れた。

今まで伊三と立木は、二人で難局を乗り切ってきた。伊三は、農家出身で、子どもの頃から魚や肉を捌いたり、料理したり、食事を作るのは得意であった。それがゆえに主計兵に志願した。立木はそういったことが苦手だった。

しかし頭脳明晰だからこそ、衛生兵として採用された。二人で進む中、年上の立木が、いろいろなアドバイスをして方向を決め、生き延びるさまざまな作戦を練った。伊三にとっては、実に頼りになる相棒であった。

立木にとっても、料理などはやったこともなく、できない。もしかしたら、もっと早く「飢え」で命を失っていたのかもしれない。今、こうして生きながらえているのは、伊三のおかげだと立木は思っている。

伊三は今回ばかりは、もうダメだと思った。

「俺はもういけん（ダメ）かもしれん。先に行ってごせぇ（くれ）」

伊三は熱を出し、汗をかき、横たわった。

「伊三、きばれぇ（頑張れ）、大丈夫や。お前を失うわけにはいかん。一緒に日《く》本《に》に帰るんだ」

立木は、朦朧としている伊三を励まし続けた。

発熱後の朦朧状態では、全ての声は遠くから聞こえてくる。立木の励ましの声は聞こえるが、返事することも頷くこともできない。

立木はふと思った。

（待てよ、まだ薬が残っているかもしれん）

衛生兵として、いくつかの錠剤を出発前に持っていたが、このフィリピンの地で遭遇した数々の場面で使用して、残っているかも定かではなかった。

立木はリュックの中を探した。あった。幸いなことにリュックの底に残っていたキニーネの錠剤を見つけると、横たわった伊三に飲ませた。

「伊三、薬があった。あったぞ。キニーネだ。飲め～ぇ」

伊三は薬を飲むと、ゆっくりと目を瞑った。

立木は、近くを探し回り、水を探した。ジャングルの中、水は葉っぱやぬかるみに、しっかりと溜まっていた。手拭いに水を浸み込ませると、伊三の額に当てて看病した。

これまで二人で相談しながら、食糧を手配し、道なき道を進んできた。今、伊三を失うということは、自分の死も意味することを立木は、よく分かっていた。

伊三は三日間熱に浮かされ続けていたが、薬が効いてきたせいか、徐々に熱が下がり、体力が回復してきたのだ。立木はそばにいて、ずっと看病していた。

食糧採取して多く採った時には、伊三が保存食をたくさん作っていたので、食糧には困らなかった。夜露を帯びたジャングルの葉に付いた水滴は、非常に冷たかった。夜が明けると立木は、その水滴を飯盒で集め、伊三の口元に持っていったり、手拭いに浸み込ませて額に当てたり、顔を拭き、看病した。

一週間もすると、伊三は一人で歩けるまでに回復した。

「ようこそ（ありがとう）。立木さんのおかげだ」

「関係ないとよ。二人で一人だっちゃ。元気になったんか？」

「うん、ようこそ（ありがとう）」

回復した伊三と立木は、再び前に進むことにした。昭和二十年八月も過ぎようとしていた。

十　敗戦

立木があることを提案した。

「このままジャングルの中を歩いていても埒《らち》があかんさぁ。迷ってばかりだとよ。いったん山ん上に行って様子を見ろう（見よう）」

伊三もその意見に賛成だった。食糧もいつまで持つか分からない。なくなって村に入り、また民兵に撃たれるかもしれない。一刻も早くバギオに着くことが大事だ。

「山頂に行けば、方向が分かっかもしれんでなぁ」

こう決断した二人は、攻撃機に撃たれる覚悟をして山頂に上がることを決めた。

山頂に近づくと、雷が数発鳴ったようなけたたましい音が聞こえ、空を見ると「グラマン・ヘルキャット」が旋回していた。

「隠れぇー！　グラマンじゃ。見つかったら撃たれるぞっ」

二人は素早く茂みに身を伏せた。

グラマンは、上空をグルグルと回ると、ビラを撒き散らした。グラマンが通り過ぎた後で、二人はそのビラを拾った。ビラの内容は、日本語で書かれていた。

投降を促す対日宣伝ビラ（伝単）だった。

『戦争は終わりました。今すぐに出てきなさい』

二人は互いの顔を見合わせ、同時に発した。

「嘘じゃろう！」

「これはきっと敵の罠だいや。罠に決まっとる。敵の戦術に違いないや。罠にはまって出ていったら殺されるっぞ」

「じゃっ（そうだ）。出ていったらいかんぞ」

二人はビラの内容をまったく信じなかった。鬼畜米英のやつらに見つかったら、騙してでも、すかしてでも残虐に殺されると上官から教わった。捕まったら最後、命はない。まるで野生動物の世界の話だ。

「生きて虜囚《りょしゅう》の辱《はずかし》めを受けず」

捕虜になるなら死を選べ、とも教わった。こうやって戦争が終わっても、戦場となった地から出てこなかった兵は、たくさんいた。後にジャングルで発見された横井正一氏（グアム島）、小野田寛郎氏（ルバング島）がそうであったように。

二人は方角がなんとなく分かると、再びジャングルの中へ入り、目的地のバギオを目指した。しかし、行けども行けども熱帯モンスーンの緑ばかりが続き、同じ場所を回っているようで、一向に前に進んでいるような兆しは見えなかった。

その間も、低空飛行でグラマンは、毎日毎日上空を飛び回っては、ビラを落としていった。そんなある日、何を血迷ったか突然、立木は再びビラを拾おうと、木陰から飛び出してしまった。

「ちょっしもた～（しまった）！　伊三、見つかったちゃ。隠れなんせぇ！（隠れろ）」

立木は、伊三に隠れるよう命じた。二人は茂みに身を隠すと、息を飲んだ。ジャングルで身を隠す時は、じっとしている。走って逃げようものなら、葉の揺れや音で場所が分かる。場所が分かれば、たちまち撃たれる。

しかしグラマンは、一向に攻撃をしてこなかった。グラマンが通り過ぎると二人は近寄り、顔を見合わせて、どちらからともなく言った。

「気がつかなかったんかなぁ？」

「命拾いしたなあ」

「本当に気がついておらんかったんかな？　じゃっどん（でも）、ひっすん（確かに）見つかったはずじゃ」

「なら（じゃあ）、本当に日本軍は負けたんかあ？」

「分からん、じゃっどん一つも（一向に）攻撃してこんかった……」

疑問に思いながら歩いている途中で、また十人程度の陸軍部隊と出会った。

「日本は負けたんですか？」

伊三はビラを見せて尋ねた。もちろん陸軍兵もそのビラのことは知っていた。

「分からん。でも日本陸軍において、そんなことはない！」

隊長は頑として認めなかった。その時に同行していた通信兵が、何やら傍受した。その内容を聞き、

「本当に日本は負けたようです」

とポツリ言った。

「何を言うか、きさまー!!」

そう言うと隊長は激高し、通信兵をこぶしで何発も何発も殴った。無抵抗で黙って殴られ続け、顔の腫れるのが分かる通信兵の姿を見ていられなくて、二人はその場を静かに離れた。

伊三は、同じような光景を、以前台湾からフィリピンに向かう補給船の中でも見た。理由もなく、上官が部下を夜起こしては、何発も何発も殴っていた。虫の居所でも悪かったのだろうか？　軍隊では、兵隊を殴ってはいけない規則になっていた。それを破ってまで、部下を痛めつける姿に哀れさを感じていた。

なぜ味方同士、痛めつけなくてはならないのだろう、と……。

「ほんのこつ（本当に）負けたんかもしれんな」

立木は、ぽつりと呟いた。

十一　合流

もう何日歩いたのか分からない。鬱蒼と茂る深いジャングルからは、一向に陽ざしが見えなかった。

「上ん方は、やっぱい危険や。今度は下りてみようか？」

「うん。川を伝って下りようや」

なんとなく日本の敗戦を察知した二人は、覚悟を決めた。

今まで持っていたものは、全てその場に置き、出発前に配られた手榴弾を一個ずつ持ち、川下りを決めた。百メートルほど下りると、煙が昇っているのが見えた。

「おい、煙だ」

「煙が見える。誰ぞ（誰か）おるかもしれん（いるかもしれない）」

「民兵じゃったら、どぎゃんする（どうする）？」

「手榴弾を持っとるし、いざとなったら投げたらええがな。もう犬死にはええ。犬死にするために、ここまで来たんじゃねぇ!!　俺は生き延びるぞっ！」

若い二人は、自爆して命を落とすより、攻撃して命を延ばすことを考えた。背を低くしてゆっくりと近づき、遠目でその場所を見た。わずかに昇る煙の方向に、日本陸軍の兵が数人いた。伊三と立木は見つめ合い、胸を撫で下ろすと、二人は急いで兵たちに近づいていった。

(助かった〜)と伊三は思った。立木も同じ思いだった。今まで二人だけの行軍だったが、これでまた数名のグループになる。二人にとっては心強いことだった。

「何をしているんだ!」

ガサガサという音に振り向き、近づいてくる若い海軍兵に気づき、隊長らしき人物が大声を上げ、二人に近寄り、尋ねた。

「お前らはどこから来たのか?」

立木はこれまでの経緯《いきさつ》と、自分たちの目的を話した。

「そうか。では、敗戦は知っておるのだな。ちょうどいいところに来た。俺らも川を伝ってアメリカ兵のところまで行くところだ。ついてこい」

二人は顔を見合わせた。やはり戦争は終わっていたのだ。隊長は二人を優しく招き、後についてくるように命じた。二人は他の陸軍兵と一緒に隊長の後についていった。

川下まで行くと、川の岸に百名近くの陸軍の兵士と、少人数のアメリカ兵がいた。伊三はこの状況を見た時に、本当に日本軍が負けたことを悟った。

アメリカ兵は、上半身裸で負傷した日本兵を背負い川を渡っていた。川の深さは腰高まであった。どのアメリカ兵も紳士的で優しかった。

伊三は、なんて優しいアメリカ兵だ。日本兵とは違う。敵の兵を裸で背負って川を渡らせるなんて……と感心した。今までは、アメリカ兵に捕まったら殺されると教えられていた。教わった話とまったく違う。愕然とした。そのことを通訳に尋ねた。

伊三たちのような終戦を知らない兵隊に、アメリカ軍は通訳を付け、説明していた。通訳が言うには、戦争を経験したアメリカ兵は、気が荒くなっており、危険なので本国に帰らせた。ここにいる兵は、戦場未体験の兵だと教えてくれた。

アメリカという国は、こんなことにまで気を使ってくれるのか。伊三は感心せざるを得なかった。

十二　捕虜収容所

伊三たちは、バギオ近くの捕虜収容所に連れていかれた。伊三と立木は連番を付けられ、以降連番で呼ばれ、一緒に行動させられた。

収容所には陸軍兵ばかりで、ここでも海軍兵は、伊三と立木の二人だけだった。伊三たちは、数日間そこに滞在すると、今度はトラックに乗せられ、とある場所に連れていかれ、労働をさせられた。捕虜として捕らえられていたので、それは当たり前のこととして受け止めた。

デコボコの荒れた土地をブルドーザーで均《なら》していた。工事用の大きなクローラー・ドリルで所々に穴を掘り、その穴にクレーンが持ってきた柱を立てた。伊三は、この時に生まれて初めて大型ブルドーザー、クローラー・ドリルやクレーンを見た。こんな大きな工事用の機械は、今まで見たことがなかった。

「まるで戦車だでぇ!!　すげぇ！」

体中が震えるような感動で、思わず声を上げた。大型機械たちは、あっという間に全ての仕事をこなした。ブルドーザーの通った跡は、見違えるような滑らかな地面になり、その両側の決められた場所を一気に穴を掘るドリル、大木を軽々と持ち上げ、穴に入れていくクレーン。見事としか言いようがなかった。

伊三たちは、その穴の中に入れられた柱の隅に土をスコップで埋め固めた。その後、平らになった地面をアスファルトの入ったバケツを柄杓《ひしゃく》で撒いていく。こういった作業を毎日行っていった。そして飛行場が出来上がっていった。

(日本ではスコップで穴を掘り、柱も大勢で運び、立てる。アメリカは全て機械作業だ。アメリカという国はすごい。日本が戦争で勝てるはずもない)

汗を拭きながら伊三は、そう思っていた。

夜になると、収容所でこんな噂が流れた。

「この仕事を終えると、いよいよアメリカに移送される。アメリカに行ったら、二度と帰ってこられない」

伊三は落胆した。

（官費旅行だと言われ、南方まで来て、今度はアメリカまで行くのか。日本の地は、二度と踏めないかもしれない。こんなはずではなかったのになぁ）

噂は、デマだと思っていたが、まんざらデマでもなく、何人かは移送されたという。工事を終え、いよいよ移送される日が近づいた。

陸軍の兵は、伊三に対してからかい半分で、

「お前は若いから、アメリカに連れていかれるぞ」

と言った。一番若い伊三は、本気で信じていた。

その日は突然やってきた。移送される者の番号が呼ばれた。その中に伊三の番号はあったが、立木の番号はなかった。この収容所に来てから、常に二人は一緒

に呼ばれ、同じ仕事もしてきた。しかし、今回は違った。伊三だけが呼ばれた。ついにアメリカ行きだ。立木と離れ離れになる日が来た。もう二度と会うこともないだろう。今生《こんじょう》の別れになるかもしれない。

「これで別れ別れになる。もう会えんかもしれん。これは俺の故郷の住所だけぇな。もし、お前がどこかに行っても、ここに連絡してくれぇ。俺がどこにいるのかが分かると思うわ。分かったら連絡してごせ（連絡してくれ）。俺も必ず連絡するけぇ。立木さん、今までありがとうな。本当にありがとう」

そう言うと、故郷の住所を書いた紙を、手を握りしめて渡した。立木は目を合わせるとコクンと頷き、

「こっちこそありがとう。必ず連絡すっとよ。お前こそ元気でな。じゃっどん、また必ず会おうなっ。必ず会おう」

伊三の中に初めて、「戦友」という思いが強く表れた。

伊三と同じく番号を呼ばれた者たちは、数台の幌トラックが止まっていた場所

に案内された。伊三は（いよいよアメリカか）と覚悟を決めた。

トラックに十五名ずつ乗るように促された。

十三　帰国

伊三たちを、どこに連れていくのかも分からない数台のトラックが発車した。

捕虜兵たちは、黙って揺れるトラックに身を任せていた。あがいてもどうしようもない。全ての者が諦めにも似た一応の覚悟をしているようだった。でも、殺されることはないだろう。揺れるトラックに、身も心も任せて、右に左に皆が同じように動いていた。

トラックは目的地に着いたらしく、ゆっくりと停車し、幌が開けられ、

「降りろ、整列」

とアメリカ兵から命じられた。捕虜兵たちは一言も喋ることなく、数台のトラ

ックからぞろぞろと降りた。トラックは港の近くの倉庫のような場所に着いていた。

捕虜兵たちは整列すると、衣服を全て脱いで建物に入るよう命じられた。兵隊たちは素っ裸になり、建物の中に入ると、一本の長い通路を通らされた。裸の兵たちが、ゆっくりと一列に進むと、消毒剤のシャワーを頭から浴びせられた。

伊三もびしょびしょになるほど消毒剤を浴び、その後また進むと、次は勢いよく風が出ている通路を歩かされた。体が乾くとその後、両手に注射を打たれ、服を着るよう促され、再びトラックに乗るよう命じられた。

伊三はなぜ、こんなことをされるのか分からなかった。トラックの荷台では、緊張が解けたのか、兵たちは「どこに行くのだろう？」「やっぱりアメリカか」「他のところかもしれんなぁ」と、そんなことを口々に話していた。

少し走ると、また再び降りるように命じられた。そこは港だった。いよいよアメリカ行きか。伊三は観念し、船を眺めた。

港には日章旗がはためいている船が停泊していた。だが、見覚えのある旭日旗ではなかった。伊三は妙な感動が沸き上がった。この旗の下《もと》に俺たちは、命のやり取りをし、何度も死線を潜り抜けて、やっとのことで生き残ってきた。しかし、日ノ丸を目の前にすると、また違った嬉しさもあった。

兵たちは整列し、歩いて岸壁まで行くと、日章旗のはためいている船の後ろに横付けにされた大きな船が泊まっていた。伊三は、一目で駆逐艦だと分かった。しかし自分の知っている駆逐艦と違っていた。その駆逐艦は、大砲が外されて日章旗が付いていた。

兵たちは、駆逐艦に乗るように命じられた。艦に乗り込むと、伊三は船員に尋ねた。

「俺らはどこに行くだぁ？　アメリカか？」

乗組員は当たり前のように言った。

「何を言ってるんだ、帰るぞぉ」

「帰るってどこにぃ？」

「日本に決まっておろうが……」

「えぇー？」

この時に初めてアメリカではなく、日本に帰れると知り、伊三は内心ほっとし、驚喜した。

(帰れる、日本に、故郷に)

伊三たちは、夕方艦内で食事をとり、マニラ港を出港した。大砲のない駆逐艦は、真っすぐ日本へ向かった。船の中では、迎えにきた海軍兵が、親しく伊三に話し掛けてきた。艦の中の帰還兵は全員陸軍兵で、海軍兵姿なのは伊三だけで珍しく思えたのだろう。

「マニラからか？」

「はい」

「よう生きとったなぁ。みんな食糧不足や、マラリアで死んだと聞いておったぞ」

伊三はその話は理解できた。まさしく自分もそのような状況の中で生き残ってきたのだ。

艦は艦種の中でも、一番速いと言われる駆逐艦であり、ましてや重い大砲を搭載してない。その改良された駆逐艦は、想像以上の速さで進んだ。夜間、甲板から海を見ると一つの島が見え、光が漏れていた。どこかと乗組員に訪ねると、「石垣島だ」と言われた。マニラを出て、あっという間に沖縄まで帰っていた。そして夜明けには、鹿児島湾に入り「帖佐《ちょうさ》」という港に着いた。

下船後すぐ、鹿児島では、一人一人指令室に呼ばれた。伊三は面接官を前にして敬礼した。係官の顔を見ると、見覚えのある顔だった。大竹海兵団の時の鬼の班長田代だった。

「班長ー」

「岡田ー。お前は上等兵になっとたんか?」

田代も新兵の時の伊三とこんなところで再会するとは、思わなかったようだ。

「お前はどこに行っとったんかぁ?」

「フィリピンです」

「お前は、えらいところに行っとたなぁ」

「はあ……」

「よう、生きとったなぁ。ホントによう生きとった。よう頑張った」

田代は椅子から立ち上がると、伊三に近寄り、いく度も頷き、両手を握った。

満面の笑みだった。

「ところで戦争は終わった。故郷《ふるさと》に帰らすようになっている。お前はどうやって帰るんか?」

「はい、九州から本州に渡り、下関から山陽線で岡山に出て、岡山から伯備線で米子に向けて帰りたいと思います」

「山陽線は無理だ」

「なんでですか？」

「広島には、入れんぞ」

「なんでですか？」

田代はぐっと黙って話そうとしなかったが、じっと見つめる伊三を見て、かつての部下ということもあり、ポツリと伊三に話してくれた。顔が急に険しくなり、

「ピカドンが落ちてなぁ。ピカドンと言っても分からんだろうが、原子爆弾というものじゃ。一発で広島市は全滅だった。今広島は惨憺たる状況だ。とてもじゃないが、広島には入れん」

伊三はこの時に初めて広島に原子爆弾が落ちたことを知った。

「あっという間だった。悲惨なもんだよ。何万人という人が、いっぺんに亡くなってなぁ……そんなわけで、山陽道はダメだ」

面接官の田代から、原爆の落ちた広島の現状を詳しく聞き、自分の知っている

二年前の広島じゃないことを知ると、原爆の恐ろしさを痛感した。フィリピンに行っている間に、広島に原子爆弾が落ち、日本は戦争に負けていた。

「そうすると、下関から山陰本線だな」

そう言うと面接官は書類に印を押し、伊三に下がるように命令した。

伊三は尋ねた。

「ここに来る前に、フィリピンで鹿児島の戦友と別れ別れになりました。アイツはどうなるんでしょうか？」

「鹿児島出身か？　それなら後で帰ってくるだろう。まず、遠いところの出征者から先に帰ってくるようになっている。明日か明後日でも、こっちに帰ってくるんじゃないか」

「分かりました」

伊三は敬礼して、部屋を後にした。廊下を次番の兵隊とすれ違いながら、ホッとした。立木も生きて帰ってくる。少し笑みがこぼれた。しかし、まだ見ぬ故郷は、どうなっているのか分からない。父母弟妹も、どうなっているのか分からない。早く故郷に帰りたいという気持ちが沸々と湧き上がった。

伊三は次の日に鹿児島を出発した。列車に揺られ、熊本から博多、門司から下関に行き、山陰本線に乗り換え、米子から地元の由良駅に着いた。地元に帰るまでに一週間ほどかかった。もちろん直通で帰れる汽車はなく、途中途中で下車を余儀なくされた。下車して宿を見つけ、いつものように「一〇三」の札を見せると、食事も宿泊もさせてくれた。

列車から眺める久しぶりの祖国の景色は、旅立った時と変わりなく、静かな田舎村で、伊三の帰りに、ただ黙って微笑んでいるようだった。窓からの景色を眺めながら、あの激しい戦闘を思い出していた。いったい、あれは何だったのだろうかと、思える戦いだった。

戦争はイヤなものだという思いが、この時に芽生えた。

以後、戦争の体験を生涯、人に話すこともしなかったが、反戦の思いが強くなり、「戦争はいけん」と友人、子孫に、そのことだけを話した。

昭和二十年十月二十日だった。秋晴れの抜けるような青空に微風が吹いていた。故郷の景色は、出発前とまったく変わっておらず、安心した。出征してから、一年八カ月の官費旅行も終わった。

伊三は、由良駅を出ると、急ぎ足で帰った。村はちょうど秋祭りの最中で、家には村中の親戚やら近所の皆が集まっていた。賑やかな中で、何やら楽しそうな声が聞こえていた。

開放された玄関に足を踏み入れ、

「ただいまー」

と十八歳の青年伊三は、元気よく叫んだ。声に気づいた親戚の者が、

「ありゃ～あ、伊三だ、伊三だ。伊三が帰ってきたどぉ～」

と大声で叫んだ。

皆は、口々に伊三の名前を呼びながら、宴席から立ち上がって近寄ってきた。

「伊三、おんまぇ、生きとったんかあ？」

「よう～生きとったなぁ。な～んも連絡もねぇけ、死んだと思っとったどぉ」

伊三は、東京で手紙を書いたが、その後転々としていたので、返事が届くことがなかった。その後も、手紙を書く時がなかった。フィリピンで一度手紙を書いたが実家に届かず、当然返事がくることもなく、消息不明になっていた。

「ほんに、よう生きとった。良かったなぁ、良かったぁ」

「兄《あん》ちゃ～ん」

親類縁者たちは、頭を触ったり、体を触ったりした。その中に貞吉の姿もあった。輪の外で伊三を見つめる貞吉と目を合わせると、

（とんだ官費旅行だったでぇ、貞吉っつぁん）

と思いながらも、笑みがこぼれた。

十四　再会

その後、伊三は村の娘を娶《めと》り、家業の農業を継いだが、二度と海外に出ることはなかった。あの「官費旅行」は、一生に一度きりの海外旅行であった。農業では、あの時に見たブルドーザーが頭に残っていたのか、機械マニアになり、トラクターやら数多くの農業機械を購入し、使いこなした。一男一女をもうけ、息子は、少しばかり年の離れた嫁をもらい、跡を継ぎ、孫が次の後継となっている。伊三は九十歳を超えた今でも元気でいる。

立木もその後、故郷の鹿児島に帰り、婿入りし、同じく一男一女をもうけた。M町役場に就職し、その後町民から請われて途中退職して、町長になり二期八年、町の発展に貢献し、八十八歳で人生を全うした。

フィリピンで別れた後、立木は伊三にすぐに連絡を入れ、二人は一生の戦友として、死ぬまで手紙のやり取りで交流した。二人が再会したのは、立木が町長になり、視察で伊三の隣町のT町に視察に来ることになった平成二年の時だった。T町は農業の先進地区で、全国的にも有名だった。

特に主体となるT町農業協同組合は、日本でまだ農産物の輸出をしていない中、二十世紀梨の台湾・東南アジアへの輸出や畜産、養鶏に力を入れ、生産加工をして総合商社化していた。

伊三の家からT町役場まで五キロメートルほどだ。立木が来るという知らせを受け、伊三は自分の作ったスイカを車に載せ、会いに出掛けた。

「立木さ〜ん」

「伊三〜」

立木は婿入りして苗字が違っていたが、旧姓で呼んだ。二人は同行者の目を気にすることなく、抱き合った。お互いの目からは、涙が溢れ出ていた。お互いの胸は温かかった。脳裏には、走馬灯のように二人の戦場での記憶がよみがえってきた。まるで二人がタイムマシーンに乗り、フィリピンの戦場に残っているかのように。

立木は同行者から離れて、伊三と別れてからの四十数年の時を取り戻すように長時間話し合った。二人は、あのフィリピンでの時を思い出し、当時の若い二人に戻っていた。バギオの近くの捕虜収容所で別れる時、再会を約束したものの、二度と会うことがないだろうと思っていた立木にやっと会えた。伊三は、「戦友」と語り合えて本当に嬉しかった。

その後、二人は二度と会うこともなく、立木は人生を全うした。たった一度きりの再会だった。

伊三は回想する。実はフィリピンで一緒に行動を共にしていた島根県出身の「春日」は、後に気づいたことだが、息子の嫁の祖父に違いない……と。春日は伊三に幼子を抱いた嫁さんの写真を見せてくれた。あの時、春日は、「まだ二歳になったばかりだ。顔を見たことはないが……」と言っていた。嫁の母親は一人娘で幸子といい、婿をもらっていた。

息子の話によると、嫁の祖父は大陸から南方に行き、戦死したという。どういう亡くなり方をしたのかも、妻である祖母も知らないらしいし、遺品など一つもなく、戦死したと知らされただけらしい。嫁の出身地といい、旧姓といい共通点が多く、間違いないと思ったが、伊三は、どうにも話す気にならなかった。

これも何かしらの不思議な縁なのかもしれないと思うだけだった。息子の嫁を大切にせねばと考えるのだった。

フィリピンで多くの兵が死亡し、それらを見てきた。あの時に、自分たちも同じように命を落としていたら、二人の未来も、また二人を取り巻く未来も大きく変わっていただろう。本当に紙一重だったと感慨にふける。

伊三は他の戦争体験者と同じように、自ら体験した苦しく悲惨な戦争の思い出を自ら語ることはなかった。

あとがき

最後までお読みいただきありがとうございます。

この小説は八割が事実です。

まず小説を書こうとしたきっかけは、二十歳頃に見たアメリカのテレビドラマ「ルーツ」です。そのドラマに感動し、私のルーツはなんだろうかを永年思い続けてきました。

私はどうやってこの世に生まれ、この地にいるのだろうかと思い、出生に興味を持ちました。と同時に、父母、祖父母、河本家のことまで興味を持ちました。

そんな中で知ったのは、父が多数の死者を出したフィリピンに若くして出征したことでした。南方戦線から生き延びて帰ってき、そして結婚し私と姉が生まれました。

また父に戦友のKさんがいたことです。私たち戦争未経験者が考える戦友は、大学の学友のような感覚でした。しかし戦友とは命のやり取りを共に戦った人です。そういった友人がいたということです。父はKさんに我が家の特産物の西瓜と長芋を毎年送り、そのつどKさんからお礼の電話が掛かってきて、お礼の品も届きました。その後お礼の品が突然変わった時があり、不思議に思い父に聞くと、彼は町長になった、と聞かされました。一般のお礼の品から町の推奨する特産物になったのです。

それから幾年の年月が過ぎましたが、私は彼と父の関係を知りたいと思い続けていました。

私が農業を継いで間もなく、いつものように彼からお礼の電話が掛かって来ました。そんなある年、思い切って彼に聞いてみました。

「父とはどういう関係ですか？」

「あなたのお父さんがいなければ私は今生きていない」

優しく彼は話してくれました。

そのことを父に話し、詳しく聞こうとすると、「あの頃はみんな同じだ。お互い様だ」

それ以上は話してくれませんでした。

それから十数年たったある日、家族みんなが集まってテレビを見ていると、番組の中でフィリピンの映像が出ました。その映像を見ながら突然、

「俺が戦争に行ったのは、『官費旅行だけ〜、行ってみぃ』と言われて戦争に行っただ」

と話しました。私は衝撃でした。志願兵として日本のために出征し戦争に行ったものだと思っていました。しかし、そんなひょんなことから戦争に行ったのか？　と……。その後父の部屋を訪ね、戦争の話を聞かせてくれと頼み、この小説の内容をいろいろと聞きました。もちろん忘れているところなどあり、私からの質問に答えながら思い出してくれました。そうやって完成された小説です。

皆さんにぜひ当時の状況（史実）を一つの事柄として知っていただきたいとい

う思いと、とかく戦争の話になると注目されるのは亡くなった者の話が多く取り上げられます。しかし私は、帰還することによって将来が変わり、未来が見える話として描きたく、小説にしました。

参考文献

『決定版　太平洋戦争』学習研究社
『下士官たちの太平洋戦争』小板橋孝策　光人社
『指揮官たちの太平洋戦争』吉田俊雄　光人社
『一下級将校の見た帝国陸軍』山本七平　文藝春秋

インターネット

太平洋戦争の傷痕　次世代への橋渡し「戦争証言　体験者は語る」
ウィキペディア

著者プロフィール

河本 松秀（かわもと まつひで）

1958年4月生まれ
鳥取県出身、鳥取県在住

（学歴・職歴）
南九州大学園芸学部卒業
東伯町農協、㈱NG本社、アニュー鳥取店店長
現在、河本農園代表

（受賞歴）
第39回鳥取県出版文化賞 エッセー賞　テーマ「平和」優秀賞（2015年）

とんだ官費旅行 ～若き海軍志願兵の南方戦線～

2020年6月15日　初版第1刷発行

著　者　河本 松秀
発行者　瓜谷 綱延
発行所　株式会社文芸社
〒160-0022　東京都新宿区新宿1－10－1
電話 03-5369-3060（代表）
03-5369-2299（販売）

印刷所　株式会社フクイン

ISBN978-4-286-21593-8